This igloo book belongs to:

....

igloobooks

Written by Caroline Richards
Illustrated by Louise Anglicas

Designed by Hannah George
Edited by Hannah Campling and Hannah Cather

Copyright © 2018 Igloo Books Ltd

An imprint of Igloo Books Group,
a Bonnier Publishing company
www.bonnierpublishing.com

Published in 2018
by Igloo Books Ltd, Cottage Farm
Sywell, NN6 0BJ
All rights reserved, including the right of reproduction
in whole or in part in any form.

Manufactured in China. GUA009 0518
10 9 8 7 6 5 4 3 2 1

Library of Congress Cataloging-in-Publication
Data is available upon request.

ISBN 978-1-7881-0225-4
IglooBooks.com
www.bonnierpublishing.com

The Power of Love

igloobooks

Little Bear had been playing

in the bright and sunny woods.

But soon the trees cast long shadows

on the path where he stood.

It was nearly time for supper
and very soon it would be night.
Little Bear wasn't sure if home
was down the left path or the right.

Just then, some woodland friends appeared, as the sun was sinking low.

"If you need help to find your way," one squeaked, "the fireflies will know."

"They have special powers that will safely light your way.

But you must believe in magic, or their light will go away!"

Up sprang a magical firefly,
to Little Bear's surprise.

"Think of a happy memory," he buzzed,
"then wish and close your eyes."

He shut his eyes and thought of when Mommy took him to the beach.

They paddled, then made sandcastles, and ate ice cream for their treat.

"When you remember things you love, it makes us shine and glow." As Firefly explained, all their bright lights started to grow.

Little Bear missed his cozy cave.

He longed to be snuggled in bed.

So he shut his eyes tight.

"My memories are magic!" he said.

Then, Little Bear remembered something that made his heart feel warm.

Once, he and Daddy baked some cookies when there had been a storm.

"We'll guide you home," said Firefly.
"With each memory you recall,
we'll glow brighter with the power of love
and then you won't be scared at all."

Sure enough, more fireflies came,

as Little Bear walked through the woods.

They shone brighter as he thought

of the nicest memories he could.

Little Bear felt big and brave,
walking beside his magical friends.
They traveled across a bridge, over
a stream full of twists and bends.

Then suddenly, he saw a shape, and something big flew overhead.

A beak, huge wings, and two beady eyes. "Who's there?" Little Bear said.

He forgot all his happy memories, so the fireflies lost their spark.

Because he was afraid of the scary shape, the woods turned cold and dark.

"WHOO-WHOO! I'm just a friendly owl," said a voice from a branch above.

"Remember, if you want to get home, you must use the power of love."

With all of his might, Little Bear thought of his sweetest memory of home.

Cuddled close with Mommy and Daddy, with them he was never alone.

With a WHOOSH of magic, the fireflies all burst back into light. They lit the path to take Little Bear home to hugs, warm and tight.

There at the door stood
Mommy and Daddy, their
arms thrown open wide.
They snuggled him close
and kissed his nose,
then carried him inside.

"I've been on an adventure!" Little Bear cried, "and made new friends, too. They taught me about the power of love and helped me get back to you."

Daniel Libeskind
Jüdisches Museum Berlin

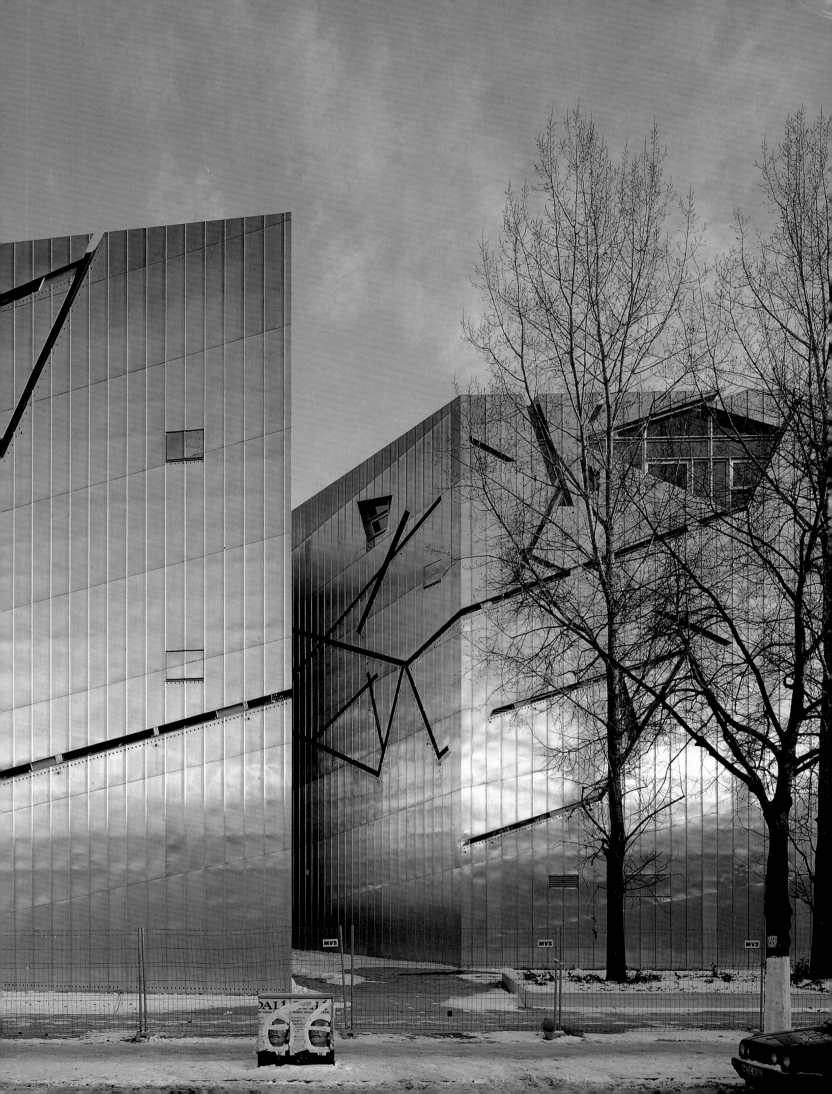

»Das Jüdische Museum ist als ein Bau konzipiert, in dem das Unsichtbare und das Sichtbare, die strukturellen Merkmale bilden, die in diesem Raum Berlins angesammelt wurden und in einer Architektur offengelegt werden, der das Namenlose einbeschrieben ist wie ein Name, der stumm bleibt.«

Daniel Libeskind

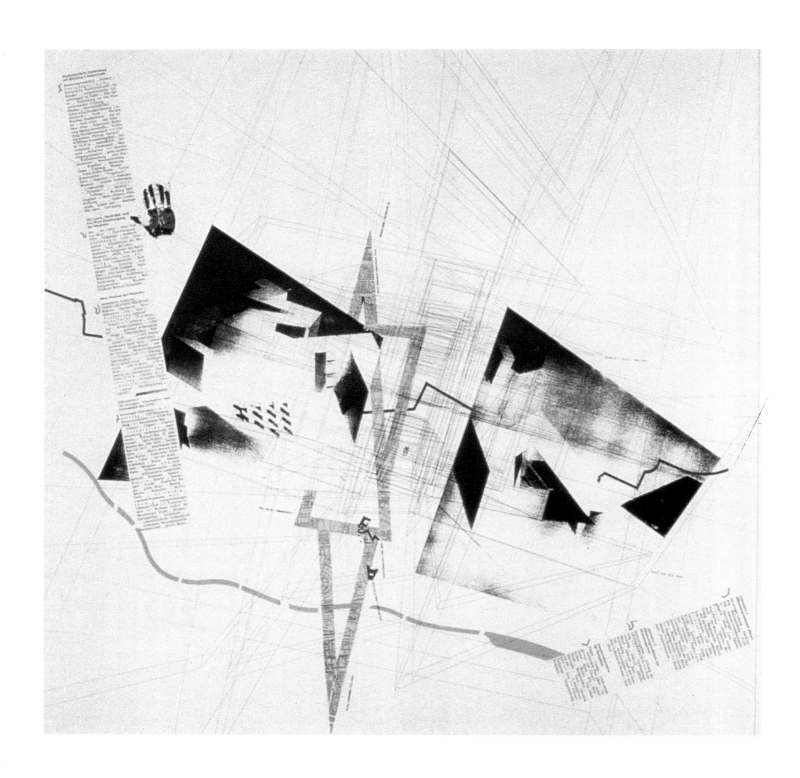

Daniel Libeskind
Jüdisches Museum Berlin
Zwischen den Linien

Vorwort von Daniel Libeskind
Text von Bernhard Schneider
Fotografien von Stefan Müller

Prestel   München · London · New York

© Prestel Verlag, München · London · New York,
und Daniel Libeskind, 1999
2. Auflage 2001

Auf dem Umschlag
Vorderseite: Detail der Außenfassade
Rückseite: Blick nach außen
Seite 2/3: Das Jüdische Museum in seinem städtischen
Umfeld
Seite 4/5: Ansicht von der Lindenstraße
Seite 6/7: Ansicht vom Walter-Benjamin-Spielplatz
Seite 8/9: Ansicht von Süden – Garten des Exils und
der Emigration
Seite 10: Star Matrix
Seite 14/15: Lindenstraße. Blick nach Süden

Übersetzung der Texte von Daniel Libeskind
aus dem Englischen von Wolfgang Himmelberg

Die Deutsche Bibliothek – CIP Einheitsaufnahme
Libeskind, Daniel:
Jüdisches Museum Berlin ; zwischen den Linien / Daniel
Libeskind. Bernhard Schneider. – Dt. Ausg. – München ;
London ; New York : Prestel, 1999
  Engl. Ausg. u.d.T.: Libeskind, Daniel: Jewish Museum
  Berlin
  ISBN 3-7913-2073-4

Prestel Verlag · Mandlstraße 26 · 80802 München
Tel. 089/38 17 09-0 · Fax 089/38 17 09-35
www.prestel.de

Lektorat: Katharina Wurm
Gestaltung: Doren + Köster, Britta Harder, Berlin
Reproduktionen: LVD, Berlin
Druck: Aumüller Druck KG, Regensburg
Bindung: Gassenmeyer, Nürnberg

Gedruckt auf chlorfrei gebleichtem Papier

Printed in Germany
ISBN 3-7913-2073-4

Vorwort

Ich konnte kaum ahnen, was mir bevorstand, als ich den Wettbewerb für den Bau eines Museums gewonnen hatte, das die jüdische Dimension der Geschichte Berlins zeigen sollte. In jenen Tagen vor der Wiedervereinigung nahm Berlin seine melancholische Position in der Welt ein. Die Katastrophe der Geschichte dieser Stadt war wie zu einem Standbild eines Films erstarrt, und wie bei den meisten Wettbewerben war das Jüdische Museum nur eine weit entfernte Idee.

Da es mein erstes Gebäude war, hatte ich die Möglichkeit, die Schwierigkeiten eines Anfangs bewußt zu erkennen. Dieses Projekt war jedoch nicht nur mein eigener Anfang, es war auch der Anfang der aufregenden und oft schwierigen Realisierung eines lebendigen Jüdischen Museums in Berlin, eines Museums für eine geistige Dimension, deren Vitalität durch die Schoah auf Lücken und Spuren reduziert worden war. Mit dem Fall der Berliner Mauer und der deutschen Wiedervereinigung tauchten neue Gedanken und Gefühle auf: Für die Berliner begann ein Entscheidungsprozeß über ihre eigene Zukunft, und zu dieser Zukunft gehörte eine Antwort auf eine unwiderrufbare und schwierige Vergangenheit. Nach vielen verschiedenen Regierungen machten die Meinungswechsel eines klar: Auch Berlin stand an einem Anfang. Die Stadt mußte sich um eine Antwort auf eine stets umgangene Frage bemühen: um eine Antwort auf die Frage nach ihrem eigenen Verhältnis zu den Juden – Vergangenheit, Gegenwart und Zukunft –, zu den Spuren dessen, was für alle Zeit ungeboren bleibt und doch geboren werden soll.

Erst nach jahrelanger harter Arbeit und nur mit dem Engagement vieler Menschen konnte das Jüdische Museum realisiert werden. Eines ist sicher: Dieses Gebäude verdankt seine Entstehung dem entschlossenen Willen der Berliner und anderer, die in der jüdischen Dimension der Geschichte Berlins eine zentrale Bedeutung für seine Zukunft sehen.

Jetzt ist das Gebäude fertiggestellt und erwartet die Besucher und deren eigene Erfahrung dieser jüdisch-deutschen Geschichte. Jetzt sprechen Proportionen, Licht, Material und Raum – wenn die wahre Berufung der Architektur in Worte gefaßt werden soll. Dies ist die Stunde des Gebauten – des Betons, und dennoch entschieden auch des spirituellen Zeugnisses, das in jedem zurückweichenden Schatten der Namen enthalten ist, in jedem Strahl flimmernden Lichts.

Ohne die Hilfe von Freunden, Mentoren und sogar Fremden hätte dieses Projekt nicht verwirklicht werden können. Besonders hervorheben möchte ich jedoch Nina Lewis-Libeskind, meine Frau und Partnerin, die mit ihrem außerordentlichen Talent und ihrer Intuition einwirkte und das Projekt durch die unruhigen Gewässer der Politik und der öffentlichen Meinung steuerte. Matthias Reese, Projektarchitekt in meinem Büro, hat mit Jan Dinnebier ein höchst kreatives Team gebildet, dessen tiefe persönliche Überzeugung die vielen Herausforderungen des Gebäudes durch das Labyrinth des gesamten Bauprozesses trug.
Ich möchte meinen tiefen Dank auch all jenen nicht namentlich Genannten aussprechen, die durch ihr Engagement für dieses Gebäude eine neue Architektur für Berlin Wirklichkeit werden ließen. Die Herausforderung des Gebäudes ist jedoch mit seiner architektonischen Vollendung nicht erfüllt, vielmehr ist es bereit für ein aufregendes und vorwärtsgewandtes, künftiges Ausstellungskonzept.

Daniel Libeskind
Berlin, Januar 1999

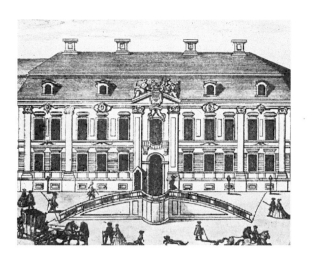

»Das Jüdische Museum basiert auf den unsichtbaren Gestalten, deren Spuren die Geometrie des Gebäudes begründen. Der Boden, auf dem das Gebäude steht, ist nicht nur der in Kreuzberg sichtbare, sondern auch der *andere,* der sich darüber wie auch darunter befindet.«   **Daniel Libeskind**

An historischem Ort
ein Stück neues Berlin

Das Jüdische Museum markiert einen bedeutsamen Ort im Stadtplan Berlins. Der Standort im Schnittpunkt von Markgrafenstraße und Lindenstraße liegt am Rand der spätbarocken westlichen Stadterweiterung, der nach dem ersten Preußenkönig Friedrich I. benannten Friedrichstadt.

Die Friedrichstadt bildet ein großes Dreieck, das von der Wilhelmstraße, der Straße Unter den Linden und der Lindenstraße begrenzt wird. Die Friedrichstraße bildet die nordsüdliche Mittelachse dieses Dreiecks und mündet in dessen südliche Spitze, den Mehringplatz. Die Leipziger Straße stellt die Grenze zwischen der südlichen und der nördlichen Friedrichstadt dar. Bis 1989 gehörte die nördliche Friedrichstadt zu Ost-Berlin und war von der südlichen Friedrichstadt durch die Mauer entlang der Zimmerstraße getrennt. Das ganze Gebiet war durch Bombardements im Zweiten Weltkrieg fast völlig zerstört, nur wenige historische Gebäude hatten überlebt. Unter anderem standen an der Lindenstraße noch das Haus des Deutschen Metallarbeiter-Verbandes von Erich Mendelsohn (1930), ein Hauptwerk der europäischen Moderne, und die schwer beschädigte Ruine des ›Kollegienhauses‹ von Philipp Gerlach (1735). Das Kollegienhaus war für die früher im Stadtschloß untergebrachten Gerichts- und Verwaltungsbehörden errichtet worden. Das Giebelfeld zeigt unter dem Preußischen Staatswappen allegorische Figuren der

Oben: Kollegienhaus.
1735

Gegenüberliegende Seite:
Haupttreppe

Blick auf die Lindenstraße. Links das ehemalige Kollegienhaus

Wahrheit und Gerechtigkeit. Später fungierte es als Kammergericht, an dem der Dichter E.T.A. Hoffmann als Richter wirkte. Der bis auf Reste der Außenmauern zerstörte Bau wurde in den 60er Jahren für das neugegründete Berlin-Museum rekonstruiert.

Parallel zur Friedrichstraße verbindet die Markgrafenstraße das Museum mit dem Gendarmenmarkt, dem bedeutendsten Platz der ehemaligen Residenzstadt. Damit besteht eine einprägsame räumliche Korrespondenz zwischen bedeutenden historischen Architekturen – zwischen dem Gendarmenmarkt-Ensemble aus Schinkels Schauspielhaus und den beiden Turmbauten von Gontard sowie dem ehemaligen ›Kollegienhaus‹ von Philipp Gerlach, nun ergänzt um das Jüdische Museum von Daniel Libeskind. Die Lindenstraße verbindet den Standort mit dem Berliner Rathaus und der zerstörten Altstadt.

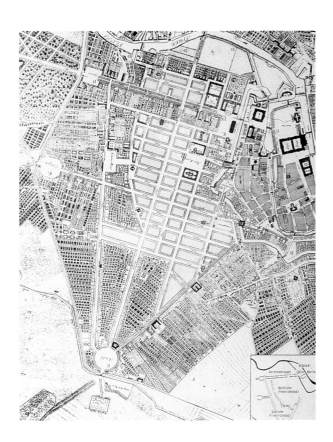

»Die Aufgabe, ein Jüdisches Museum in Berlin zu bauen, verlangt mehr als eine rein funktionale Antwort auf das Programm. Solch eine Aufgabe in ihrer ganzen ethischen Tiefe erfordert, daß die Leere Berlins wieder in sich selbst integriert wird, um darzulegen, wie sich die Vergangenheit nach wie vor auf die Gegenwart auswirkt und wie durch die Aporien der Zeit ein hoffnungsvoller Horizont erschlossen werden kann.« **Daniel Libeskind**

Chance und Herausforderung für Berlin

Die weithin zerstörte südliche Friedrichstadt war im damals noch geteilten Berlin ein Hauptgebiet der Internationalen Bauausstellung (IBA) von 1979 bis 1988. Ziel war die ›kritische Rekonstruktion‹ des historischen Stadtgrundrisses mit den Mitteln zeitgenössischer Architektur. Ein nachgeholter, international ausgeschriebener Wettbewerb der IBA in diesem Gebiet galt 1988/89 der Erweiterung des Berlin-Museums im ehemaligen Kammergericht. In dem Neubau sollte vor allem auch die Darstellung der jüdischen Geschichte Berlins als integrierender Bestandteil der Stadtgeschichte Platz finden. Im Sommer 1989, der überraschende Fall der Berliner Mauer wenige Monate später war noch nicht vorherzusehen, wählte ein international besetztes Preisgericht unter dem Vorsitz von Josef Paul Kleihues den Entwurf von Daniel Libeskind unter 165 eingereichten Arbeiten aus.

Die Jury begründete ihre Ausführungsempfehlung an das Land Berlin vor allem mit der radikalen und innovativen Architektur sowie mit deren schlüssiger Interpretation des unauflöslichen Ineinanders von jüdischer und allgemeiner Stadtgeschichte. Hervorgehoben wurde auch die offensive Auseinandersetzung des Entwurfs mit der heterogenen Umgebung. Der Bericht schließt mit dem Satz: »Die Arbeit ist Chance und Herausforderung für Berlin!«

Oben: Friedrichstadt mit dem Kollegienhaus

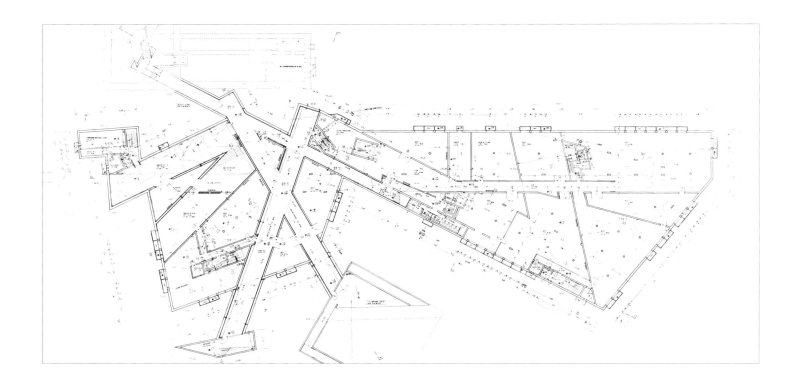

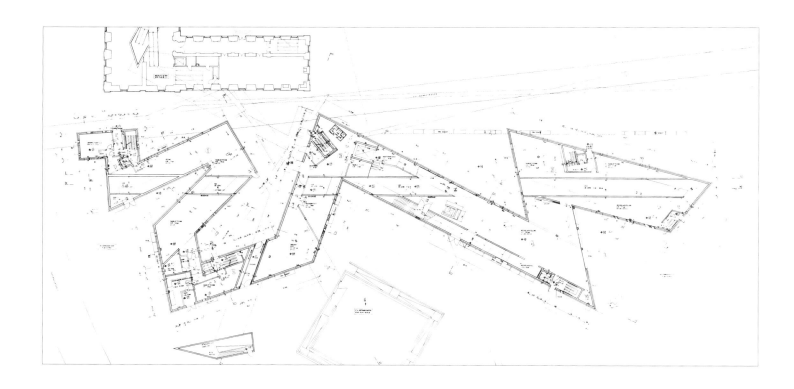

Grundriß Untergeschoß
Grundriß Erdgeschoß

20

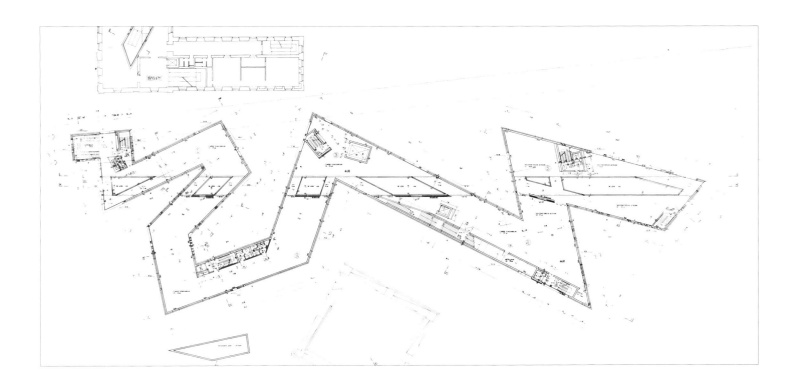

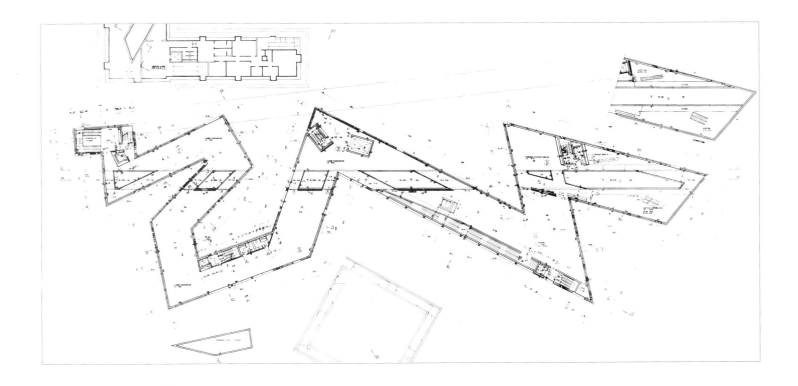

Grundriß erstes Obergeschoß
Grundriß zweites Obergeschoß

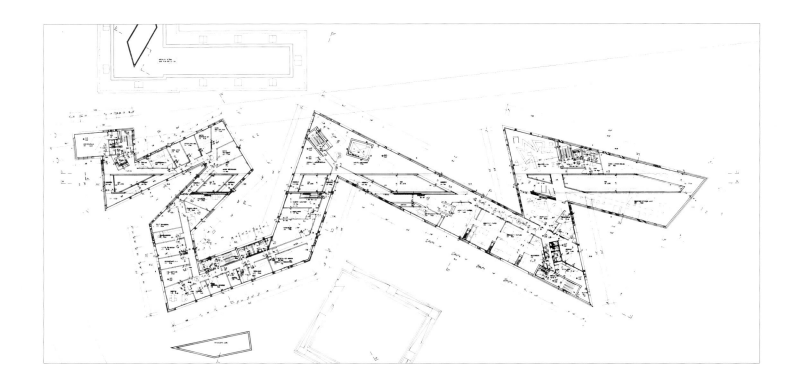

Grundriß drittes Obergeschoß
Schnitt Museum
Schnitt void-Übergänge

Void im Museumsaltbau,
Zugang zum Jüdischen
Museum

Noch vor der endgültigen Fertigstellung des Baus wurde 1998 allerdings das integrative Modell, die konzeptionelle und institutionelle Verklammerung mit der Stiftung Stadtmuseum, aufgegeben und das Jüdische Museum als eigenständige Einrichtung außerhalb des Berliner Stadtmuseums etabliert. Gegenüber der Verschränkung mit der Stadtgeschichte Berlins sollte nun vor allem die nationale, europäische und globale Dimension der jüdischen Geschichte im Vordergrund des Museumskonzeptes stehen und dafür der Erweiterungsbau in Gänze dem Jüdischen Museum zur Verfügung stehen.

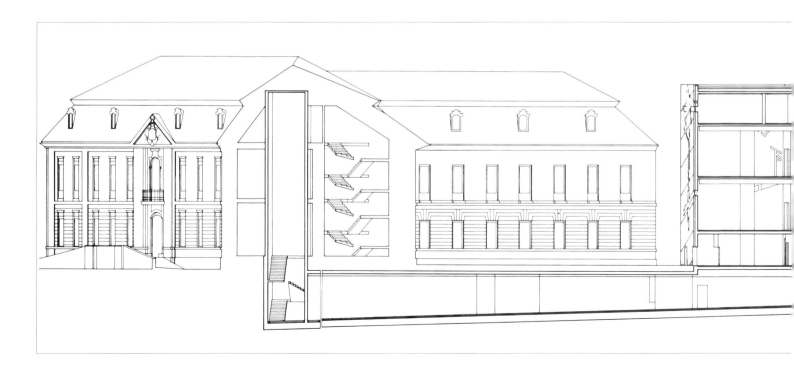

Das mächtige Gebäude ist der erste Realisierungsentwurf des 1946 geborenen Architekten, wenn auch nicht der erste realisierte Bau. Ein kleineres Museum, das Felix-Nussbaum-Haus des Kulturgeschichtlichen Museums Osnabrück, für das Libeskind 1995 den Wettbewerb gewann, wurde parallel zu dem Berliner Projekt entwickelt und bereits 1998 fertiggestellt.

**Schnitt durch das Eingangs-void im Museumsaltbau,
Untergeschoß und Haupttreppe**

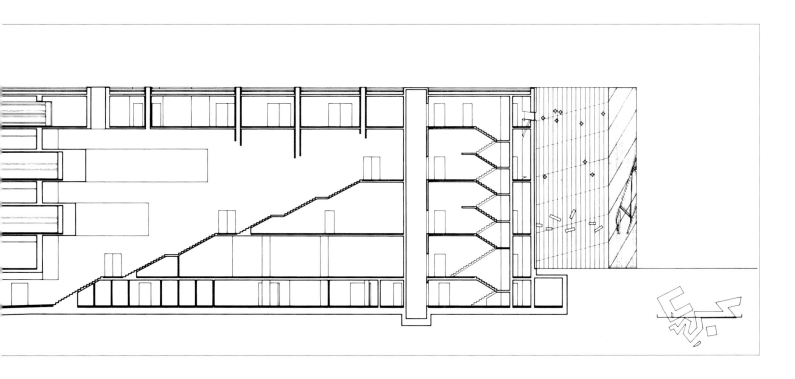

»Das Jüdische Museum hat einen vielschichtigen Bezug zu seinem Kontext. Es wirkt als eine Linse, die die Vektoren der Geschichte vergrößert, um die Kontinuität der Räume sichtbar zu machen.«

Daniel Libeskind

»Die Fenster sind die physische Manifestation einer Matrix von Verbindungen, die den Ort durchdringen. Diese ›Schnitte‹ sind die tatsächlichen topographischen Linien, welche die Wohnorte von Deutschen und Juden in unmittelbarer Umgebung des Ortes miteinander verbinden und nach außen strahlen. Die Fenster stellen die ›von den Wänden des Museums selbst geschriebenen Adressen‹ dar.«

Daniel Libeskind

Neue Ordnung zwischen den Zeilen

Gegenüberliegende Seite:
Wege im Untergeschoß

Schon beim Gang um das Gebäude erschließen sich einige grundlegende Entwurfsprinzipien. Einerseits beharrt diese Architektur in jedem Detail, in der Gesamtfigur des Baukörpers, in Materialien und im Bautyp auf eigenen Gesetzen, auf kompromißloser Eigenständigkeit. Andererseits schafft der Neubau vielfältige und sehr sorgfältig entworfene Bezüge zum Altbau wie zur Umgebung, und das wird gerade in dieser rigorosen Autonomie, die jede äußerliche Anpassung vermeidet, deutlich erkennbar. Der Architekt bezeichnet diese Strategie der nichtangepaßten Ergänzung als »heterogene Ordnung«, und es ist leicht nachzuvollziehen, was damit gemeint ist. Der ganze Standort ist geprägt von einer beziehungslosen Vielfalt von Architekturen ganz unterschiedlicher Epochen, unterschiedlicher Qualitäten und Stile und mit unterschiedlichen Stadtvorstellungen. Gründerzeitliche Mietshäuser stehen neben den Wohn- und Geschäftshäusern der IBA, das wiederhergestellte Barockgebäude neben dem Sozialen Wohnungsbau der 60er und 70er Jahre. Schlüge sich das Museum in diesem regellosen Durcheinander auf die Seite des einen oder anderen Nachbarn, würde noch kein einheitlicher Zusammenhang geschaffen, sondern nur die vorhandene Unordnung bekräftigt. Libeskind homogenisiert nicht, sondern führt in die vorhandene Dissonanz eine kräftige, eigenständige neue Stimme ein und überführt damit auf erstaunliche Weise die gesamte Situation in eine neue, heterogene Ordnung. Sein Gebäude schafft Zusammenhänge, wo zuvor Beziehungslosigkeit herrschte.

Obwohl beispielsweise die einheitliche Höhe des Gebäudes keine vorhandene Traufhöhe, keine Gesimslinie oder ähnliches exakt wiederholt, realisiert die neue, fremdartige Architektur mit ihrer eigenen Höhe zugleich die allgemeine innerstädtische Bebauungshöhe auf ihre Art. Oder die Front an der Lindenstraße: hier ist der schmale, vertikale Kopfbau um wenige Meter vor die Straßenfront des Altbaus gezogen. Er grenzt sich damit einerseits deutlich gegen die Formenwelt des Altbaus ab, dem er andererseits räumlichen Halt verschafft, indem er dessen seitliche Wange bildet. Dadurch bekommt der Altbau auch einen kleinen Vorplatz, ganz wie es diesem Bautyp ursprünglich entspricht. Vor seiner Erweiterung war das Barockgebäude beziehungslos einem konturenlosen Freiraum ausgesetzt und mit den weiter entfernten, mächtigen Megastrukturen um den Mehringplatz konfrontiert. Der Neubau schirmt ihn etwas gegen die Nachbargebäude ab und bildet seinerseits eine Baumasse, die sich diesen gewachsen zeigt.

Gegenüberliegende Seite: Nordfassade des Holocaust-Turms

Links: Holocaust-Turm und Garten des Exils und der Emigration

Der kleine Vorsprung ist auch ein stadträumlich wirksames Scharnier an der Stelle, wo die moderne, ›autogerechte‹ und städtebaulich viel zu weiche Krümmung der Lindenstraße den historischen Zusammenhang zwischen Stadtraum (Straße) und Bebauung aufgegeben hatte. Er markiert den Schnittpunkt zwischen Markgrafenstraße und Lindenstraße. Am Neubau selbst steht der kleine Kopfbau in einer symmetrischen und zugleich kontrastierenden Entsprechung zu dem unverkleideten, freistehenden Betonturm vor der Südfront. Die beiden unterschiedlichen Turmelemente rahmen die stark gefaltete Straßenfront des Gebäudes und bilden zugleich einen kleinmaßstäblichen, vertikalen Kontrapunkt zu den großen horizontalen Baumassen, die sich in die Tiefe des Grundstücks erstrecken.

Der große Raumwinkel, den das Gebäude nach Süden bildet, kann auch als Antwort auf den engeren Innenwinkel von Erich Mendelsohns Gewerkschafts-Gebäude jenseits der Nachbarbauten verstanden werden – als Dialog zwischen zwei Leitbauten Neuen Bauens in Berlin, beide von jüdischen Architekten.

Der unverkleidete Beton des einzelnen freistehenden Turms, dessen Bedeutung im Zusammenhang mit der Innenbeschreibung noch zu erläutern sein wird, kehrt in dem abgesenkten E.T.A.-Hoffmann-Garten mit seinen 49 schrägstehenden und bepflanzten Sichtbeton-Pfeilern wieder. Beide Elemente, der einzelne große Betonpfeiler des Turms und das Pfeilerfeld des Gartens, können als Satelliten des Gebäudes angesehen werden, die dem zinkverkleideten Hauptbau vorgelagert sind. Zu dessen Zinkblech-Verkleidung bildet der nackte Sichtbeton einen starken Materialkontrast. Im Lauf der Jahre verändert sich dieser Kontrast dadurch, daß die anfänglich silberglänzende Haut des Neubaus stumpfe Grautöne annimmt, ähnlich den Zinkblech-Dächern der Wohnhäuser auf der anderen Seite des Museumsparks und den Mansarden des Altbaus. Turm und Garten sind aus dem tieferliegenden Hauptgeschoß des Museums zugänglich, der Garten auch von außen über eine gepflasterte Rampe.

Links: Südansicht Holocaust-Turm

Rechts: Garten des Exils und der Emigration

Gegenüberliegende Seite:
Blick aus dem Garten des
Exils und der Emigration

Die Raumbildung zur Alten Jakobstraße hin beeindruckt sowohl durch ihre städtebauliche Großzügigkeit als auch durch die Einfachheit der architektonischen Mittel, besonders die Hinführung auf die Begegnungszone, wo der Südflügel des Altbaus und der Neubau sich über Eck auf wenige Meter annähern. Die beiden langen östlichen Neubau-Flanken bilden zusammen mit den drei Altbau-Flügeln des Innenhofs und dem Museumsgarten (Architekten Kollhoff / Ovaska, 1987) ein großzügiges Raum- und Baukörperensemble von großer Schönheit.

Eine grundlegende Entscheidung des Entwurfs ist es, die Erweiterung nicht an den Altbau anzubauen. Der als klassische Dreiflügelanlage rekonstruierte Altbau wird auch weder durch ein Brückengeschoß noch durch ein ebenerdiges Verbindungsstück berührt, sondern rundum freistehend erhalten. Spannungsvoller als es ein direkter Anbau vermöchte, nähert sich der Erweiterungsbau an drei Stellen dem Altbau vorsichtig an, mit dem schon beschriebenen Kopfteil an der Lindenstraße und zwei spitzen Ecken des mehrfach scharf gewinkelten Baukörpers. Dadurch entsteht zwischen Altbau und Neubau eine enge Passage mit zwei Höfen.

Links: Garten des Exils
und der Emigration.
Detail

Gegenüberliegende Seite:
Paul-Celan-Hof

Der größere von beiden Höfen erinnert nicht nur der Höhe nach, sondern auch in seinen Abmessungen an einen Berliner Hinterhof. Er ist benannt nach dem jüdischen Lyriker Paul Celan (›Die Todesfuge‹), und das Muster des Naturstein-Bodenreliefs ist aus einer Grafik von Gisele Celan-Lestrange, der Witwe des Dichters, entwickelt. Im Celan-Hof gibt es auch die einzige ebenerdige Querverbindung durch den langgestreckten Bau. Das Muster des Bodenkunstwerks setzt sich durch diese kleine Passage und gewissermaßen durch die Wände hindurch auf der anderen Seite des Gebäudes fort. Dort steht eine Paulownia, Celans Lieblingsbaum, und ein Stein des Bodenreliefs ist zur Größe einer Sitzbank erhöht.

Die Ursprünge der Figur des langgestreckten, stark und vielfach gefalteten Baukörpers sind ihrerseits vielfältig und von unterschiedlicher Art. Zum einen Teil leitet Libeskind die Konturen des gezackten Baus aus imaginären Verbindungslinien ab, die er auf dem Berliner Stadtplan zwischen dem aktuellen Standort und den Adressen großer Gestalten der berlinisch-jüdischen Kulturgeschichte gezogen hat – Heinrich von Kleist, Heinrich Heine, Mies van der Rohe, Rahel Varnhagen, Walter Benjamin, Arnold Schönberg. Lange Parallelen oder sich schneidende Linien ohne Anfang und Ende, die zwischen sich scharf zugespitzte, dramatische Körper und Räume erzeugen, sind ein immer wiederkehrendes Grundmotiv des Entwurfs. Libeskind selbst gibt seinem Projekt den Titel ›Between the Lines‹. ›Zwischen den Linien‹ bzw. ›zwischen den Zeilen‹, so der Grundgedanke, ereignet sich das Wesentliche. In der Architektur wie im Leben definieren sie das Verhältnis der materiellen und der immateriellen Wirklichkeit. Zwei Linien auf dem Papier eines architektonischen Plans formen und begrenzen den zwischen ihnen liegenden leeren Raum und umreißen zugleich die soliden, undurchdringlichen Bauglieder.

Jüdisches Museum und ehemaliges Kollegien-haus

Auch in den Außenanlagen kehrt das Spiel der unbegrenzten, begren-zenden Linien wieder. In manchen Erläuterungstexten und Skizzen zum Grundriß spielt Libeskind auch auf eine verzerrte, fragmentierte Form des Davidsterns an, ohne daß dieser jedoch am fertigen Bau zu identifi-zieren wäre. Der Museumsentwurf steht zudem nicht für sich allein in Libeskinds Werk, sondern bündelt viele Ideen aus früheren, nichtarchi-tektonischen Arbeiten. Um ihn zu verstehen, muß der Besucher aber nicht den langen Weg vom gebauten Ergebnis zu dessen komplexen gedanklichen Hintergründen und Ursprüngen zurückverfolgen. Der Bau spricht eine ganz klare Sprache durch die physische und materielle Deutlichkeit seiner Körper- und Raumfiguren und durch seine Haltung zur Umgebung. Wenige Bauten der Gegenwart haben schon vor ihrer Fertigstellung einen so selbstverständlichen, so enthusiastischen Zuspruch durch Tausende von Baustellenbesuchern erfahren wie dieses Museum.

Eine Vorgabe der Stadtplanung für das Museumsprojekt war es, zwi-schen der Lindenstraße und der Alten Jakobstraße einen öffentlichen Grünzug mit Kinderspielplätzen zu schaffen. Auch dies hatte einen bestimmenden Einfluß auf die Form und die Ausrichtung des Gebäudes. Zur Alten Jakobstraße hin bildet das Museum zusammen mit dem benachbarten Wohngebäude eine Passage für diesen Grünzug.

Dem Architekten war es wichtig, das ganze Gebäude nicht auf eine abgeschlossene Parzelle zu stellen, sondern es rundum dem Leben der Stadt zu öffnen, die Kinderspielplätze eingeschlossen. Die Außenanlagen haben die Berliner Landschaftsarchitekten Cornelia Müller und Jan Wehberg entworfen. Wie der schon vorgestellte Paul-Celan-Hof reflektieren auch andere Teile der Außenanlagen mit ihren gestalterischen Mitteln den Inhalt des Museums und den Geist seiner Architektur in kongenialer Weise. So ist zum Beispiel der Rosenhain um den E.T.A.-Hoffmann-Garten mit Bedacht gewählt. Die Rose, Zeichen des Lebens, verletzt und versöhnt. Rosen waren im antiken Jerusalem die einzigen in der Stadt zugelassenen Pflanzen.

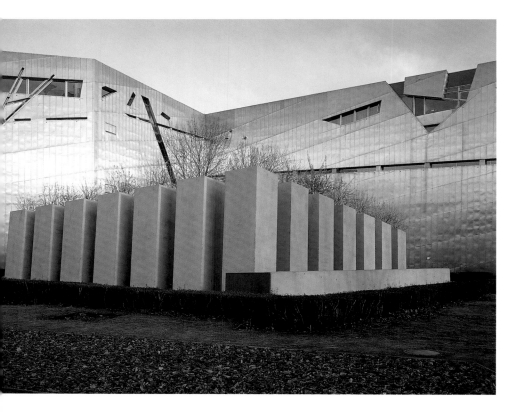

Der ›upside down‹-Garten (der Garten des Exils und der Emigration) stellt ein Pfeilerfeld aus 7 x 7 geneigten, rechteckigen Pfeilern dar. Die Pfeiler sind mit Erde gefüllt und an ein unterirdisches Bewässerungssystem angeschlossen, so daß Weiden daraus wachsen und sich oben verbinden können. 48 dieser Pfeiler sind mit Erde aus Berlin gefüllt und stehen für 1948 – die Gründung des Staates Israel.

Der zentrale Pfeiler enthält Erde aus Jerusalem und steht für Berlin selbst.«

Daniel Libeskind

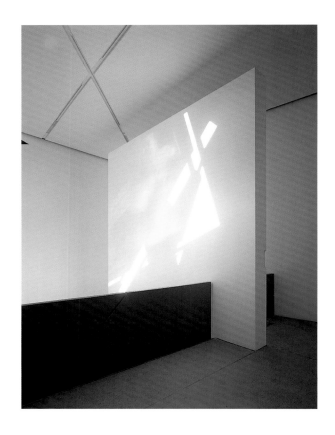

Das Robinienwäldchen stellt eine moderne Umkehrung des alten Paradiesgarten-Motivs dar. Die Urbilder des Paradiesgartens – der lebenspendende, wohlgeordnete Hain inmitten lebloser Wüste oder die dem wilden Urwald abgerungene kultivierte Lichtung – sind hier gewissermaßen ins Gegenteil verkehrt. Heutzutage gelten ja nicht kultivierte Gärten, sondern Urwälder und Wüstengegenden, in die es zivilisationsmüde Städter zieht, als ›letzte Paradiese‹. Das Robinienwäldchen ist ein Stück ungestaltete ›Wildnis‹, gewachsen auf dem Boden der Vernichtung, den Kriegstrümmern der Stadt, und umgeben von kunstvoll geordneten Grünanlagen. Die Landschaftsarchitektur kehrt hier auf ihre Art Inneres nach außen und umgekehrt, so wie auch in Libeskinds Architektur das Wechselspiel und die Umkehrung von Innen und Außen ein durchgehendes Grundthema ist.

Treppe im westlichen Teil

Gegenüberliegende Seite:
Zweites (oben)
und erstes (unten)
Obergeschoß

Kann bei der einheitlichen Zinkverkleidung der Außenhaut mit ihren langgezogenen, sich kreuzenden Fensterbändern und scheinbar willkürlich eingestreuten Durchbrüchen und Öffnungen, die weder der Horizontalen noch der Vertikalen folgen, von Fassade gesprochen werden ? Hervorstechendes Merkmal dieser Umhüllung ist, daß die Anordnung ihrer Öffnungen und Lichtschlitze keiner Geschoßteilung folgt und auch keine inneren Vertikalglieder wie z.B. Treppenhäuser, Trennwände oder ähnliches erkennen läßt. Von außen gesehen, könnte es sich ebensogut um eine hohe Halle handeln wie um ein kleinteilig unterteiltes Bauwerk. Beim Nähertreten stellen sich optische Irritationen und Täuschungen ein. Die Überschneidung der schrägen, parallelen Linien der Blechsäume mit der horizontalen Dachkante und mit der vertikalen Schraffur der Blechgrate läßt die waagerechte Traufkante schräg erscheinen. An manchen Stellen wird zweifelhaft, ob die Außenwand überhaupt senkrecht steht oder ob sie überhängt bzw. nach innen geneigt ist. Die Fassade macht sich gestalterisch vom inneren Aufbau des Gebäudes unabhängig und wendet der Außenwelt als Gesicht des Gebäudes ein eigenständig komponiertes Bild von Öffnungen, Flächen und Volumina zu. Damit ist sie in einem bestimmten Sinn mehr ›Fassade‹ als alles, was wir sonst unter dieser Bezeichnung kennen. Daß die Öffnungen und Durchbrüche der Außenwand nach oben dichter und größer werden, ist allerdings keine autonome ästhetische Entscheidung, sondern in der Funktion des Hauses begründet. Im dritten Obergeschoß liegen Büros, Werkstätten und Bibliothek, die mehr Tageslicht erfordern, während in den Ausstellungsetagen darunter größere geschlossene Wandflächen und sparsamerer Lichteinfall den Erfordernissen des Museums Rechnung tragen.

Links: Treppenhaus im westlichen Teil

Rechts: Fenster an der Südseite

Folgende Doppelseite: Void im zweiten Obergeschoß

Im Innersten die Leere

Von außen haben der Altbau und der Neubau keine Verbindung; mehr noch: der Neubau hat keinen eigenen Publikumseingang – abgesehen von der ebenerdigen Sonderausstellungshalle. Der Zugang zur jüdischen Geschichte führt den Besucher über den gemeinsamen Haupteingang des Berlin Museums. Dort ist wiederum schon in der Eingangshalle der Erweiterungsbau präsent in Gestalt eines mächtigen Treppenhauskörpers, der in das Barockgebäude hineingreift. Im Zusammenhang mit der Erweiterung und der inneren Verschränkung von Neubau und Altbau wurde dessen innerer Ausbau aus der Wiederaufbauzeit entfernt und der innere Aufbau des Gebäudes weitgehend wieder den Verhältnissen der Entstehungszeit angenähert. Um so stärker ist die Wirkung des aus dem Neubau eindringenden Treppenhauskörpers. Seine Stufen führen abwärts in einen Gang, der den Altbau und den Neubau – Stadtgeschichte und jüdische Geschichte – unterirdisch verknüpft. Diese unterirdische Hauptstraße steigt leicht an, und an ihrem Ende ist schon von weitem die große Haupttreppe des Museums zu sehen, die die Ausstellungsgeschosse, die jüdisch-deutsche Geschichte, erschließt.

Zwei Querstraßen zweigen vom Hauptweg ab. Ihr Boden steigt etwas steiler an, während die Deckenhöhe gleichbleibt. Deshalb werden sie dem Ende zu deutlich niedriger. Der schräg abzweigende erste Querweg führt durch eine Glastür ins Helle, Freie, in den abgesenkten E.T.A.-Hoffmann-Garten, den ›Garten des Exils‹. Es ist der einzige Weg, der von hier unten hinaus ins Freie führt – Exil als einziger Ausweg. Das Pfeiler-feld kann an Unterschiedliches erinnern – an das strenge Straßenraster zwischen den Turmhäusern der Neuen Welt oder an den Tempel, dessen grünes Dach die Pflanzen bilden, die aus den Pfeilern wachsen. In der unübersichtlichen Enge zwischen den geneigten Betonpfeilern und auf dem schiefen Boden entsteht jedoch eine unsichere, für manche Besu-cher schwer erträgliche Situation. Die Neigung der Pfeiler und der geneigte Untergrund machen schwindlig, die umstehenden Gebäude geraten scheinbar ins Wanken. Was steht, was fällt, scheint ungewiß, und eine gemeinsame Ebene mit der Umwelt, die Orientierung und Gewißheit bieten könnte, gibt es nicht.

Die andere Querstraße des Untergeschosses endet im Dunkel des ›Holocaust-Turmes‹. Es ist dies der Innenraum des frei vor der Südfassade stehenden unverkleideten fünfkantigen Betonturms. In den kahlen, nur von einem hochliegenden Lichtschlitz erhellten Betonschacht dringen schwach die Geräusche der Stadt. Der rundum geschlossene nackte, leere und ungeheizte Raum, in dessen dämmeriges Licht allein der scharfe Strahl dieser einzigen Öffnung fällt, übt auf alle Besucher eine sehr starke Wirkung aus.

In der Anlage des unterirdischen Hauptgeschosses wiederholt sich die Nichtübereinstimmung zwischen Innen und Außen, die ein bewußtes Entwurfsprinzip des Museums darstellt. Das Untergeschoß entfaltet eine von dem darüberliegenden Gebäude teilweise unabhängige Raumfigur. Die Außenwand des Altbaus bildet sich dort ebensowenig ab wie die des Erweiterungsbaus. Die Wege zum E.T.A.-Hoffmann-Garten und in den Holocaust-Turm führen über den Umriß des Neubaus hinaus und folgen ihrer eigenen, nicht vom übrigen Gebäude bestimmten Geometrie.

Es gibt allerdings zwei Bereiche im Untergeschoß, wo die vertikale Verbindung zum darüberliegenden Bauwerk um so deutlicher ist. An der Kreuzung der drei Wege liegen die ersten Ausstellungsräume. Über ihnen erheben sich zwei von oben belichtete Schächte, die durch alle Geschosse reichen. Es sind die ersten von sechs ›voids‹ (Hohlräume), die sich in einer ganz geradlinigen Kette durch das vielfach gewundene Bauwerk ziehen. Nur die ersten beiden und das letzte, größte und das kleinste void können betreten werden; die beiden dazwischenliegenden sind unzugänglich und nur durch schießschartenartige Fenster aus den oberen Etagen einzusehen. In der Grundrißzeichnung läßt sich nachvollziehen, daß der Umriß des Holocaust-Turms und der des in den Altbau eingefügten Treppenturms identisch sind mit dem Umriß des ersten bzw. zweiten voids. Der in den Altbau hineingebaute Treppenturm und der Holocaust-Turm sind also einerseits sozusagen symmetrisch vorgelagerte Satelliten des Neubaus zu beiden Seiten, der eine draußen freistehend im Raum, der andere drinnen, inmitten der fremden, spätbarocken Architektur. Zum anderen stellen sie ausgestanzte, nach außen versetzte Innenteile des Baus dar. Dadurch entstehen im Inneren des Gebäudes schachtartige Außenräume, die aus dem übrigen Museum nicht zugänglich sind. Diese mehrfache Verschränkung von Innen und Außen, von Altbau, Außenraum und Erweiterung, sollte im ursprünglichen Plan noch verstärkt werden durch einen weiteren, in den Innenhof des Altbaus versetzten void-Körper. Dieser wurde jedoch nicht realisiert.

Die vertikalen Hohlräume der sechs voids, von denen die Zickzackfigur des Gebäudes von vorn bis hinten in einer geraden Linie durchschossen ist, vergegenwärtigen durch alle Etagen des Museums die nie mehr aufzufüllende Leere, die die Vernichtung jüdischen Lebens in der Kultur und Geschichte Deutschlands und Europas hinterlassen hat. Diese Abwesenheit durchdringt das Museum in allen seinen Teilen. Alles, was in den oberen Etagen jemals dargestellt werden wird, bringt die Kette der void-Schächte in eine vertikale Verbindung zum Untergeschoß. Dort, auf der Haupt- und Eingangsebene des Museums, werden die Wurzeln und Grundthemen jüdischer Kultur und Geschichte wie in einer Ouvertüre vor dem Besucher ausgebreitet.

Nähert man sich dort, auf dem sanft ansteigenden Hauptweg der Treppe, öffnet sich über dieser ein mächtiger, hoher Raum, in den von oben und von der Seite Tageslicht fällt. Schräg durch den Raum schießende Betonbalken stützen die sehr hohe Außenwand. Die erste Doppeltür führt in das Erdgeschoß und zu dem auch von außen zugänglichen Saal für Wechselausstellungen. Über das hintere Ende des Erdgeschosses ist das große, sechste void zugänglich. Seine viergeschossigen Seitenwände ohne sichtbare Gußfugen zu betonieren, stellte eine besondere bautechnische Leistung dar. Neben dem kleinen Fenster zum Ausstellungsraum zeichnen sich im Sichtbeton drei weitere Fensteröffnungen ab, die der Architekt nachträglich schließen ließ, um durch Vereinfachung eine noch konzentriertere Raumwirkung zu erzielen. Die bautechnischen

Schwierigkeiten des Rohbaus bestanden vor allem darin, sehr hohe Betonwände in einem Stück zu gießen, den dabei auftretetenden enormen Druck auf die Schalungen und den Fluß des Betons zu beherrschen sowie die Maßabweichungen unter Kontrolle zu halten. Für die Rohbaufirma wurde der Museumsbau zu einem Musterprojekt für Neuentwicklungen in Betonbauverfahren. Am sechsten void und am Treppenhaus sind diese Probleme auch am fertigen Gebäude selbst für den Laien nachvollziehbar. Bei den Außenwänden kam als besondere Schwierigkeit hinzu, daß der Beton beim Guß die in die Schalung eingebauten Aussparungs-Formen für die komplizierten Fensteröffnungen von allen Seiten her umschließen mußte und kein zweiter Versuch möglich war.

Oben: Erstes Obergeschoß

Rechts: Sechstes void

Im Erdgeschoß wird bereits die starke Wirkung erkennbar, die die frei über die Geschoßdecken gezogenen Fensterbänder und Öffnungen der Fassade auf die Innenräume haben. Fußboden und Decke wirken ihrerseits wie frei von innen gegen die Außenwand gesetzt. Es wird jedoch kaum einmal gelingen, die Fortsetzung eines im Fußboden oder der Decke verschwindenden Fensterbandes im Geschoß darüber oder darunter aufzufinden. Die Decken nehmen mit ihren linear angeordneten und vielfach gekreuzten technischen Einbauten für Beleuchtung usw. keine Formen und Linien der Wände auf. Auch sie entwickeln ihre eigenständigen Figurationen.

In den Ausstellungsgeschossen haben die schrägen Linien der Decken und mancher Fensterbänder den optischen Effekt, daß da und dort Fußböden oder Decken nicht mehr horizontal zu sein scheinen, was aber nicht wirklich der Fall ist. Solche visuell aufgeladenen Stellen im Gebäude geben der Sammlungspräsentation bestimmte Grenzen vor. Dem stehen ruhig und neutral gehaltene Räume und Raumfolgen gegenüber, in denen Ausstellungsstücke unterschiedlichster Art in fast beliebiger Form präsentiert werden können.

**Blick auf einen void-
Übergang im zweiten
Obergeschoß**

Wichtig für die Orientierung in den komplizierten Raumverläufen sind die häufigen Durchblicke in die umgebende Stadt, auf den Altbau und vor allem auch auf vorspringende Teile des Neubaus selbst – was durch die mehrfache scharfe Verwinkelung des Gebäudes häufig der Fall ist. Dabei kommt wieder das Prinzip der Nichtübereinstimmung zwischen Außen und Innen zur Wirkung. Weder an der Öffnung, durch die man hinausschaut, noch an dem Stück Fassade gegenüber gibt es die von anderen Gebäuden gewohnten Anhaltspunkte für die Wahrnehmung von Maßen und Entfernungen und für die fraglose Übereinstimmung von Innen und Außen. Die Identifikation des Raumes und des Gebäudes sowie des eigenen Standortes verliert dadurch ihre Selbstverständlichkeit; sie wird zum Erlebnis. Der Blick auf den Altbau stellt einerseits die Verbindung zu gewohnten Raumverhältnissen und architektonischen Maßstäben wieder her und macht andererseits die irritierende Differenz zu den Regeln des Neubaus um so deutlicher.

In allen Geschossen des Museums, einschließlich der obersten Büroetage, begegnet man wieder den Hohlräumen der voids. War im Untergeschoß die Innenseite der beiden ersten voids mit den anliegenden Ausstellungsräumen verbunden, so wenden die voids in den Geschossen darüber den Ausstellungsräumen ihre geschlossene schwarze Außenseite zu. Nur kleine schmale Sichtfenster geben einen Einblick ins Innere. Den geradlinigen Zusammenhang der voids untereinander, durch alle komplizierten Verwinkelungen des Gebäudes hindurch und über Außenräume hinweg, deuten schwarz gehaltene Flächen an Fußboden und Decken an, überall dort, wo Durchgänge zwischen zwei Ausstellungsräumen die voids überqueren. Der vielfachen Verschränkung und Durchdringung der Windungen des Gebäudes mit der geraden Linie der voids liegt ein Gedanke zugrunde, der das Verhältnis zwischen jüdischer und allgemeiner Geschichte in Berlin bzw. in Deutschland betrifft: Das Hin und Her und die verwinkelten Windungen des Gebäudes sind ein Bild für die wechselhafte, aber kontinuierliche deutsche Geschichte bis zur Gegenwart und darüber hinaus (das Gebäude bricht an einer bestimmten Stelle ab, ist aber im Prinzip auf Fortsetzung angelegt). Die andere, gerade Linie der immer nur stückweise darin verwobenen jüdischen Geschichte ist vielfach unterbrochen und besteht nur aus Fragmenten.

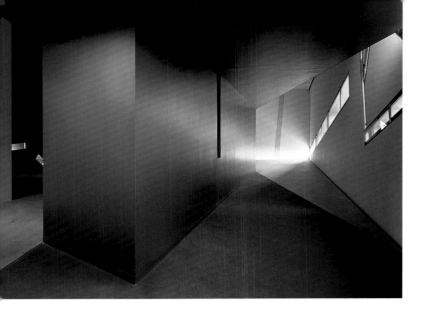

Beide Figuren, der Zickzack wie die ihn durchziehende Gerade, sind in ihrem Zusammenhang jedoch nur in Grundrißzeichnungen als solche erkennbar. Dem Besucher bleibt die geometrische Regel hinter dem konkreten Raumerlebnis wie bei vielen bedeutenden Bauten der Architekturgeschichte verborgen. Er passiert in unterschiedlichsten Raumsituationen und in ganz unterschiedlichen Abständen immer wieder die schwarzen Wände und schwarzen Fußbodenflächen der void-Linie.

Die Räume müssen nicht nach einem vorgegebenen Ablauf eines festen Museums- oder Ausstellungsrundganges durchlaufen werden. Außer der Haupttreppe gibt es sechs Nebentreppen und Aufzüge, die vielfältige Direktverbindungen und Teil-Rundgänge zwischen den Etagen und kurzgeschlossene Rückwege möglich machen.

Abseits aller Erklärungen erfassen Menschen jeden Alters, von unterschiedlichster Herkunft und kultureller Prägung das Drama und die emotionale Kraft dieses außerordentlichen Raumgebildes wie von selbst. Das kann als Indiz dafür gelten, daß wir es mit einem Meisterwerk zu tun haben. Man hat es schon das letzte Meisterwerk Berlins im 20. Jahrhundert und Berlins erstes Gebäude für das 21. Jahrhundert genannt.

Blick auf das
Jüdische Museum
und das ehemalige
Kollegienhaus

Daniel Libeskind, B.Arch. M.A. BDA Biographie

Daniel Libeskind ist ein Architekt und Stadtplaner von internationalem Rang, der einen neuen kritischen Diskurs in die Architektur eingeführt hat und für seinen multidisziplinären Ansatz bekannt ist. Sein Wirkungsbereich erstreckt sich vom Entwurf und der Realisierung bedeutender Kultureinrichtungen wie Museen und Konzerthallen über Landschafts- und Stadtgestaltungsprojekte bis hin zu Bühnenbildentwürfen, Installationen und Ausstellungsarchitekturen.

Daniel Libeskind wurde 1946 in Polen geboren und ist seit 1965 amerikanischer Staatsbürger. Er studierte Musik in Israel (als Stipendiat der America-Israel Cultural Foundation) und in New York und wurde ein virtuoser Musiker. Er gab die Musik zugunsten der Architektur auf und erhielt 1970 an der Cooper Union for the Advancement of Science and Art in New York City sein Diplom als Architekt. 1971 machte er an der School of Comparative Studies an der Essex University, England, seinen Abschluß in Architekturgeschichte und -theorie.

Nachdem er 1989 den Wettbewerb für die ›Erweiterung des Berlin Museums mit Abteilung Jüdisches Museum‹ gewonnen hatte, eröffnete Daniel Libeskind 1990 sein Architekturbüro in Berlin. Im Januar 1999 wurde das Jüdische Museum in Berlin der Öffentlichkeit zugänglich gemacht. Im Juli 1998 wurde das Felix-Nussbaum-Haus in Osnabrück, sein erster vollendeter Museumsbau, eröffnet.

Daniel Libeskind lebt und arbeitet heute zusammen mit seiner Familie in Berlin. Er ist Mitglied im Bund Deutscher Architekten (BDA). Zur Zeit arbeitet er an den folgenden Projekten: »The Spiral« – Erweiterung des Victoria & Albert Museums, London; The Imperial War Museum — North, Manchester, England; Philharmonie, Bremen; The Jewish Museum San Francisco; JVC-Universität, Guadalajara, Mexiko; Shoah Centre, Manchester, England; Sachsenhausen, Urbanisierung des ehemaligen SS-Geländes.

Libeskind hat an vielen Universitäten in aller Welt gelehrt und Vorlesungen gehalten. Von 1978 bis 1985 war er Leiter des Department of Architecture der Cranbrook Academy of Art. Danach gründete er ›Architecture Intermundium‹, ein privates, gemeinnütziges Institut für Architektur und Stadtplanung in Mailand, das er von 1986 bis 1989 leitete. Er wurde zu einem Senior Scholar am John Paul Getty Centre, Santa Monica, ernannt und war u.a. Gastprofessor an der Harvard University und an der Royal Danish Academy of Art, Kopenhagen; Louis Sullivan Professor at Chicago; Bannister Fletcher Professor an der University of London; Davenport Chair der Yale University. Er ist Mitglied der European Academy of Arts and Letters und seit 1990 der Berliner Akademie der Künste. Zur Zeit ist er Professor an der University of California in Los Angeles und wird an der Hochschule für Gestaltung, Karlsruhe, lehren.

Libeskind ist mit zahlreichen Preisen ausgezeichnet worden, zuletzt mit dem American Academy of Arts and Letters Award for Architecture und dem Berliner Kulturpreis. 1997 wurde er von der Berliner Humboldt Universität sowie vom College of Arts and Humanities an der Essex University mit der Ehrendoktorwürde ausgezeichnet. Sein Werk ist in umfassenden Ausstellungen in bedeutenden Museen und Galerien in aller Welt und in zahlreichen internationalen Publikationen vorgestellt worden. Seine Ideen haben großen Einfluß auf eine neue Generation von Architekten und auf jene, die an der künftigen Entwicklung der Städte und der Kultur interessiert sind.

Ausgewählte Bauten und Projekte

Felix-Nussbaum-Haus, Osnabrück. Eröffnet Juli 1998

Jüdisches Museum, Berlin. Seit Januar 1999 der Öffentlichkeit zugänglich

Jewish Museum San Francisco, Entwurfsphase, Baubeginn 2000, Fertigstellung 2002

The Spiral – Erweiterung des Victoria & Albert Museums, London. Wettbewerb 1996 (1. Preis). Entwurfsphase. Fertigstellung 2003

Imperial War Museum – North, Manchester, Trafford, England. Wettbewerb 1997 (1. Preis). Entwurfsphase. Fertigstellung 2002

Shoah Centre, Manchester, Trafford, England. Entwurfsphase. Fertigstellung 2002

JVC University, Guadalajara, Mexiko. Entwurfsphase. Ferigstellung 2001

Uozu Mountain Observatory, Uozu, Japan. Eröffnet November 1997

Polderland Garden of Love and Fire, Almere, Holland. Eröffnet Juni 1997

Philharmonie, Bremen. Wettbewerb 1995 (1. Preis)

Sachsenhausen, Oranienburg. Urbanisierung des ehemaligen SS-Geländes. Sonderpreis, 1993. Entwicklung des Bebauungsplans, 1996

Lichterfelde Süd, Berlin. Städtebauliches Gutachten 1994. Städtebaulicher Realisierungswettbewerb 1997 (2. Preis)

Landsberger Allee, Berlin. Städtebaulicher Wettbewerb 1995 (1. Preis)

Neue Synagoge und jüdisches Gemeindezentrum, Duisburg. Wettbewerb 1996 (2. Preis)

Erweiterung der National Gallery, Dublin, Irland. Wettbewerb 1996 (2. Preis)

Auswärtiges Amt, Berlin. Wettbewerb, 1996 (Sonderpreis)

Bürokomplex Wiesbaden. 1. Preis, 1992

Zentrum für zeitgenössische Kunst, Tours. Zweite Phase, 1993

Alexanderplatz, Berlin. Städtebaulicher Wettbewerb 1993, 2. Preis

Potsdamer Platz, Berlin. Städtebaulicher Wettbewerb, 1991

Gartenpavillon, Internationale Gartenausstellung, Osaka, Japan, 1990

City Edge, Berlin. Wettbewerb zur Internationalen Bauausstellung (IBA) (1. Preis), 1987

Daniel Libeskind: Beyond the Wall 26.36°, Nederlands Architectuurinstituut, Rotterdam. September 1997. Installation und Konzept für biographische Ausstellung.

Moskau-Berlin / Berlin-Moskau, 1900–1950 Ausstellung, Berlinische Galerie, Berlin. Ausstellungsarchitektur. 1995–96. 1. Preis für ›Beste Ausstellung‹ von der Vereinigung Deutscher Museumsdirektoren

George Grosz: Berlin-New York, Nationalgalerie, Berlin / Staatsgalerie Stuttgart. Ausstellungsarchitektur für die Sammlung graphischer Werke. 1994–95 (2. Preis) für ›Beste Ausstellung‹ von der Vereinigung Deutscher Kunstkritiker

»The Architect«, Oslo National Theatret, Oslo. August 1997. Bühnenbild und Kostüme

»Metamorphosis«, Gladsaxe Theater, Kopenhagen. Bühnenbild und Kostüme. 1994–95

Marking the City Boundaries, Groningen, Niederlande. Konzept und Installation 1994

Ausgewählte Literatur

Andreas C. Papadakis, Marking the city boundaries: Groningen, London, Academy Editions, 1992

Richard Levene und Fernando Márquez Cabanes, Daniel Libeskind: 1987–1996, in: El Croquis, vol. 80, Madrid 1996

Thorsten Rodiek, Daniel Libeskind – Museum ohne Ausgang: Das Felix-Nussbaum-Haus des Kulturgeschichtlichen Museums Osnabrück, Tübingen, Wasmuth, 1998

Livio Sacchi, Daniel Libeskind: Museo ebraico, Berlino, Turin, Testo & Imagine, 1998

Daniel Libeskind, Between zero and infinity: selected projects in architecture, New York, Rizzoli, 1981

Daniel Libeskind, Chamberworks: architectural meditations on themes from Heraclitus, London, Architectural Association, 1983

Daniel Libeskind, Theatrum Mundi: through the green membranes of space, London, Architectural Association, 1985

Daniel Libeskind, Line of fire, Mailand, Electa, 1988

Daniel Libeskind, Countersign, London, Academy Editions, 1991

Daniel Libeskind und Kristin Feireiss (Hrsg.), Erweiterung des Berlin Museums mit Abteilung Jüdisches Museum, Berlin, Ernst & Sohn, 1992

Daniel Libeskind und Alois Martin Müller (Hrsg.), Radix-Matrix. Architekturen und Schriften, München, Prestel, 1994

Daniel Libeskind und Angelika Stepken (Hrsg.), Kein Ort an seiner Stelle: Schriften zur Architektur – Visionen für Berlin, Dresden, Verlag der Künste, 1995

Daniel Libeskind und Cecil Balmond, Unfolding, Rotterdam, NAI Publishers, 1997

Daniel Libeskind, Fishing from the pavement, Rotterdam, NAI Publishers, 1997

Projektdaten

Architekt
Daniel Libeskind, Berlin
mit

Ausführungsplanung
Projektarchitekten
Matthias Reese und Jan Dinnebier

Architekten
Stefan Blach   Claudia Reisenberger
David Hunter   Eric J. Schall
Tarla MacGabhann   Solveig Scheper
Noel McCauley   Ilkka Tarkkanen

Entwurfs- und Genehmigungsplanung
Bernhard von Hammerstein
Jan Kleihues
Hannes Freudenreich
Bob Choeff

Wettbewerb
Donald Bates
Attilio Terragni
Marina Stankovic

Bauingenieure
Cziesielski + Partner, Berlin

Außenanlagen
Müller, Knippschild, Wehberg MKW
Vorentwurfs-, Entwurfs-, Pflanz- und Aus-
führungsplanung: Cornelia Müller,
                      Jan Wehberg
Mitarbeit: Frank Kießling, K. Louafi,
                      G. Maser
Bauleitung: Elmar Knippschild, Paul
                      Simons, Frank Kießling,
                      Jan Wehberg
Ab 31.3.1997 Bauüberwachung und künstle-
rische Oberleitung: Müller, Knippschild,
                      Wehberg i.L.

Fachplaner
Statik: GSE Tragwerkplaner,
                      Berlin, IGW Ingenieur-
                      gruppe Wiese, Berlin
Haustechnik: KST, Klima-System-
                      technik, Berlin
Lichtplanung: Lichtplanung Dinnebier
                      KG, Wuppertal

Bauleitung
Arge Beusterien und Lubic, Berlin
verantwortlich: Alexander Lubic

Ausführung
Rohbau: Fischer Bau, Berlin
Fenster: Trube & Kings,
                      Uersfeld/Eifel
Fassade: Werner & Sohn, Berlin
Haustechnik: Klima Bau, Frankfurt/M,
                      Voigt Bode, Sieversdorf,
                      Nordbau, Nassenheide
Elektro: Alpha, Berlin

Bauherr
Land Berlin, Senatsverwaltungen für Bauen,
Wohnen und Verkehr, Senatsverwaltung für Wis-
senschaft, Forschung und Kultur

Zahlen
Bruttogeschoßfläche	15.500 qm
Nettofläche	12.500 qm
Ausstellungsfläche	9.500 qm
Büros, Werkstätten, Bibliothek	2.500 qm
Depots	2.000 qm
Wettbewerbsentscheidung	Juni 1989
Grundsteinlegung	November 1992
Richtfest	Mai 1995
Fertigstellung	Januar 1999

Daniel Libeskind
radix – matrix
Architekturen und Schriften.
Hrsg. von Alois Müller.
Gebunden.
ISBN 3-7913-1341-X
Erweiterte englische Ausgabe:
ISBN 3-7913-1727-X

Prestel